自然轩雅韵

旅行诗为伴
寂寞夜中吟
惆怅年华逝
咏史悟人生

赵伟东 著

毛树来 绘

九州出版社
JIUZHOUPRESS

图书在版编目（CIP）数据

自然轩雅韵／赵伟东著；毛树来绘. －－北京：九
州出版社，2019.6

ISBN 978－7－5108－8105－3

Ⅰ．①自… Ⅱ．①赵… ②毛… Ⅲ．①诗集－中国－
当代 Ⅳ．①I227

中国版本图书馆 CIP 数据核字（2019）第 105069 号

自然轩雅韵

作　　者　赵伟东　著　　毛树来　绘

出版发行　九州出版社

地　　址　北京市西城区阜外大街甲 35 号（100037）

发行电话　（010）68992190/3/5/6

网　　址　www.jiuzhoupress.com

电子信箱　jiuzhou@jiuzhoupress.com

印　　刷　济南精致印务有限公司

开　　本　880 毫米×1230 毫米　　32 开

印　　张　7

字　　数　160 千字

版　　次　2019 年 7 月第 1 版

印　　次　2019 年 7 月第 1 次印刷

书　　号　ISBN 978－7－5108－8105－3

定　　价　86.00 元

自序

● 少年经历

我生于河北定兴县拒马河畔的一个普通农村。自幼父母双残（父亲为低视力一级残疾，母亲是肢体三级残疾），家境的艰难与清寒让我很难接受良好的文化教育。

我读到初中二年级就辍学了，但当时我并不甘于寂寞，除了白天跟父母一起种地以外，每晚读书几乎到深夜，就在这段时期我对文学和历史产生了浓厚的兴趣。"伟东十七年尚青，放翁七十老书生，斋小长存伏波志，屋寒不忘定远情。"这是以前在家耕读时写的一首打油诗，就这样周而复始地生活了两年有余。当初在家读书时，曾被曹植《洛神赋》的缥缈迷离之美而感染，被班超投笔从戎的事迹所激励。

我除了种地读书以外，在日落时，还经常独自徘徊于家乡村北的拒马河边，望着欲下的夕阳，惆怅得似有所待，但什么

也待不来，迷茫得若有所得，但什么也得不到，有时一直徘徊
到月上东山，甚至夜深时才回家睡觉，就在这患得患失中度过
了我的少年时期。

● 漂泊北京

一个初冬的早上，十八岁的我带着二十五元钱，背着一箱
子书，穿着一件勉强能御寒的破旧军大衣，怀着对大都市的向
往、对未来的憧憬来到了北京。自此开始了长达七八年的流浪
生涯，在这期间，我做过建筑工、清洁工、杂工、洗碗工，也
在早市摆过地摊、卖过面条，可谓栉风沐雨，过着衣难遮寒、
食不充饥的生活。生活虽说艰辛，但我苦中寻乐，抽空就读
书，试着写一写自己在外漂泊的经历和感慨。《北京青年》刊
物上还多次刊登我写的诗歌与散文，同时与著名的心理学家、

教育家宗春山先生成为忘年交。

随着年龄的增长和阅历的丰富，在二十五岁以后，我的生活也渐渐稳定下来，用多年打工积攒下来的一万多元钱，成立了自己的装饰工程公司，当上小老板。说是小老板，其实就是强度极大的体力和脑力劳动，废寝忘食，早出晚归，挣得都是辛苦钱。风尘荏苒，物换星移，转眼已年过不惑之年，通过多年的辛苦打拼，现在和家人一起定居在北京。

● 弃商耕读

生活渐渐稳定下来后，我慢慢离开了从事多年的建筑装饰行业。因为我不喜欢请客送礼、尔虞我诈与勾心斗角的生活，也不喜欢商业应酬以及酒桌上的推杯换盏与虚情假意。

我觉得人一旦解决了基本的物质生活需求，就应该丰富自己的精神世界，如果有剩余精力，最好做一些自己喜欢或者有利于社会的事情。于是我放弃了收入丰厚的建筑装饰行业，利用闲暇时间自学完成了汉语言文学专业，考取了国家心理咨询师资格证书。现在的我过着简单、真实、自由、与世无争、半耕田半读书、半隐居半悟道的生活，我越来越喜欢先秦诸子中的道家思想，感觉人道要与天道和谐统一，顺应自然规律，不任意妄做妄为。做人要简单大气，处世应守时待命。

● 关于诗集

我从小就喜欢古诗，喜欢古诗朗诵时抑扬顿挫的声韵之美，喜欢古诗工整讲究的上下对仗，喜欢古诗磅礴大气挥洒自如的直抒胸臆，喜欢古诗旁征博引耐人寻味的借古讽今。

把我近两年写的诗重新整理了一下，准备出本集子。共筛选了六十六首，每首诗后面附有释义，也算简短散文吧。全部诗为旧体形式，共分为四辑：第一辑《旅行诗为伴》，主要是出外旅行时，对一些人文、事物及景观的所见、所闻、所思、所感；第二辑《寂寞夜中吟》，多是静夜里辗转低唱，寂寞轻吟和缥缈迷离的梦中之遇；第三辑《惆怅年华逝》，则写恬淡闲居的生活，物候变化的惆怅，虚度光阴的惭愧和望景生情的伤感；第四辑《咏史悟人生》，描写了几个历史人物的功过是非，与众不同的鲜明个性，对忠君爱国人士受屈含冤的同情。读史咏史，兴衰交替无常，枯荣代谢难料；借古讽今，人世间几多变化。本书由著名画家毛树来先生配画，以求达到诗情画意之意境。

有一个偶然的机会，看到了机器人居然能写诗，词藻之华丽、用语之精炼、平仄之讲究、对仗之工整，让人惊叹。但仔细品读，却感觉过于修饰雕琢。平心静气细细思考下，做人也好，写文章也罢，最好能有自己的风格。和氏之璧无需雕琢，生猛海鲜尽量少加佐料，做朴素的自己，保持真实的内心最好。就比如，速冻饺子再好吃、用料再考究、做工再精细、营养搭配再合理，也找不到"妈妈的味道"。

忘了是谁说过这么一句话，"做人一定要简单"。其实，写文章最好也不要太复杂。看一看千年不朽、代代相传的旧体佳作，无一不是作者发自内心的真情实感。估计在急功近利、物欲横流的今天，很少有人能静下心来，对我这些班门弄斧的打油文字进行耐心的品读和指正了。

赵伟东　己亥年春孟月

目录
C O N T E N T S

第二辑　寂寞夜中吟

第三辑　惆怅年华逝

第四辑　咏史悟人生

旅行诗为伴

北 京

左环沧海览朝日，右俯群山看暮云。

北枕长城龙据险，南临易水古风吟。

周台晋寺依稀在，辽塔金陵且尚存。

元都王气九十载，胜日京师六百春。

曾经八水今幽燕，华夏文明世界魂。

戊戌年冬季月

释义

　　诗一开篇，先概括地介绍了北京的地理位置。左环浩瀚的渤海，右拥连绵的太行山脉，北有居庸关长城，易守难攻，南面易水悠悠，缓缓东流，似乎在吟诵着千年不朽的诗篇。

　　接着简单叙述了北京的历史。周台：暗指东周末期，燕昭王为了招募天下英才所建造的黄金台。黄金台的地理位置，史家众说不一，约在北京西南方五十公里处，追忆往昔，曾经战火纷飞，群雄逐鹿，如今英雄过往，黄金高台、魏晋时的佛庙寺院仿佛犹在。北京在辽金时期曾是两朝副都，辽代留下的昊天古塔，金朝时期的太祖陵寝，依然保存得比较完整。元统治了九十年以后，接着便是繁荣富庶的明清帝都，六百多个春秋直至如今。无论是过去隋唐盛世时的八水长安，还是今天日新月异的首都北京，都凝聚着我们中华民族乃至整个世界的文化辉煌。

游白洋淀

泽影残阳苇径幽，暮船载酒饮新秋。

绿衫莲叶随风舞，粉面荷花笑点头。

吾辈如今逢盛世，曾经倭寇略国谋。

舟中诗友吟佳句，惊起清波几个鸥。

戊戌年秋孟月

释义

在一个初秋的傍晚，约三两知己，驾一叶小舟，泛舟于华北明珠白洋淀。夕阳残照，苇径幽深，碧叶轻舞，荷花慢摇，盛世闲情，享受着如诗似画的白洋淀美景。让我想起白洋淀这片美丽富饶的沃土上，曾经战火纷飞，有多少可歌可泣的抗战英雄，与侵华日军斗智斗勇，倭寇妄想用侵略的手段，占领我中华民族大好河山，这只能是白日做梦，痴心妄想。文友们欢歌笑语，即兴吟诗高亢嘹亮，惊起了碧波中栖息的水鸥。

元阳偶题

秋末元阳进古田，层层彩影水中天。

雾开雾散多变幻，云卷云舒须臾间。

此地无人读礼乐，深山隔世重耕年。

如今渐把淳风改，利诱繁华本自然。

戊戌年冬孟月

释义

　　暮秋季节，来到了云南省的南部——哀牢山区的元阳县观看古老神秘的梯田，甚是壮观。这时正值梯田灌溉完，泽田水影，层层倒见各种颜色天空。雾开雾散，云卷云舒瞬间变化。在这大山深处，似乎与世隔绝的地方，人们最注重的就是辛勤耕作，很少有人读书习礼乐。但如今淳朴的民风在渐渐发生改变，向往富裕繁华的生活也是正常现象。

元陽偶題

秋末元陽
延吉田
層層稻影
水冲天
雲雲開雲
散多變幻
雲卷雲舒
舒須臾閒
此地無人
讀孔乐
翠山隔世
重耕年
如今新把
縫風改
刊鈴繁
草木
自然
趙偉
柬詢道
毛謝衣
寫於京
華

滇南村游

露月滇南麦月春，风柔天碧异乡云。

荒村古镇游人少，翁媪不识北地音。

戊戌年冬孟月

释
义

　　旅游来到了云南省南部，不知名的一个乡村古镇。这时秋天已经悄然过去，正值初冬季节。但这里的气候如同北方麦浪浮动的四月。村镇里多半是留守的老人，和他们交流时由于语言不通，非常尴尬！

临榆感怀

秦皇寻仙地，魏武留诗篇。

孤竹三千载，夷齐二圣贤。

水阔家乡远，天高与海连。

蜉蝣不识夜，蚱蜢哪知寒？

苍生渺如粟，红尘名利间。

忽觉西风至，游子亦应还。

乙未年秋孟月

释义

　　秦皇岛古称临榆，秦始皇在这里寻仙渡海，曹操曾在这儿留下（《观沧海》）千古名篇。三千年以前这里曾是孤竹国的属地，有伯夷和叔齐这两位圣贤。波澜壮阔的大海似乎与天相连。此时让我想起了遥远的家乡，朝生夕死的蜉蝣没有见过夜晚，春生夏殁的蚂蚱，怎能知道寒冷的冬天？人这一生是多么渺小和短暂啊，又何必在名利之间奔波忙碌。忽然感觉到刮起了秋风，游子呀游子，何必在外边长久地漂泊，也该回家了！

登上方山

斜阳金笔染黄昏，曲径蜿蜒进暮云。

老寺深山来客少，残墙旧像远杂尘。

西风衰草悲年尽，古树寒鸦不忍闻。

情同王粲登楼涕，心念阮籍泪洒襟。

乙未年秋季月

释义

上方山位于北京西南方，在房山区境内。秋日的黄昏，沿着通向云端的山间小路，独自前行，深山里古老的寺庙少有游客，残垣断壁、古老的佛像远离凡尘。西风吹动着荒草，似乎感觉到今年又要过去了，不愿听到老树上寒鸦的悲啼。我怅然若失，如同汉末时的王粲因怀才不遇，登襄阳城楼潸然泪下，又让我联想起魏晋时的阮籍，因身逢乱世，穷途无路，号啕大哭，驱车而返。

锡盟草原

三冬江南路，九夏塞北行。

草沃随羊牧，穹苍信马腾。

茫茫千顷碧，寥寥一人程。

文疏佳句少，寂寞若飘蓬。

乙未年夏季月

释
义

冬天去的江南水乡，夏天又来到了塞北（锡盟）草原。肥沃的牧草，羊群可以随便去吃。辽阔的草原，马匹可以尽情地奔跑。放眼望去，茫茫四野尽是绿色。但我的行程，却还不知道有多远！想写首诗表达一下此时的心境，读书太少想不出好的词句，皆因心灵深处有种莫名的寂寞，我就像蓬草一样随风飘荡。

錫盟草原

三冬弦南路
九夏寒北行
草沃隨半牧
窮巷信馬騰
莽莽十頃碧
悠悠萬里揚
文疏性句少
寂寞任飄蓬

歲次乙亥
新春
毛樹東
松京華
并題
記之

游曹妃甸湿地公园

鱼游浅水暮云低，风动芦花野鸟啼。

笛韵一声家乡远，无心落日伴客迷。

丙申年秋仲月

释义

　　黄昏的时候来到了湿地公园。鱼儿在浅水中游动，鸟儿在芦花之中啼叫，不知何处传来了悠扬的竹笛声音，顿时让我产生了思乡的感觉，清风徐徐，暮云朵朵，望着欲下的夕阳，自己竟如醉如痴。

026

沂山秋行

八月沂山径，三秋鲁地行。

野阔登高目，云低雾气腾。

萧萧黄叶落，瑟瑟起西风。

王粲登楼意，庄舄越吟情。

开襟独笑傲，何须身后名。

乙未年秋季月

释义

八月中秋来到了山东境内的沂山，秋高适合登山远眺，从山里向下看，云雾缭绕，景色确实迷人。霎时间，刮起了几阵秋风，落叶随风而下，此情此景，让我想起了西汉文学家王灿登楼时的感慨，又让我想起战国时期的越人庄舄（xì），不忘故国家乡，口中总是哼唱着越国的乡音，秋风吹开了我的衣襟，我这样无拘无束，自由自在的挺好，人这一生又何必在意虚伪的名声。

江 南

冀北冬未逝，江南早逢春。

吴越风光好，他乡忘归人。

戊戌年春孟月

释义

　　春节刚过，北京依旧是冬天的气候。用两天的车程来到了苏州，这里已经是春意盎然。吴越一带的风土人情和气候，我比较喜欢，在异地做客，居然忘记了回家。

江南

冀北冬未逝
江南早逢春
吴越风光好
他乡无归人
崇次己亥樹东

苏州偶书

两宋繁华今依旧，故园水碧待客游。

悠悠琴曲入茶肆，袅袅丝竹绕酒楼。

自古平江诗画里，由来吴郡属风流。

怅然明日归幽燕，毕竟他乡不久留。

戊戌年春孟月

释
义

　　旅游来到了江南的苏州，如今的繁华不亚于书
中所描写的两宋时期，这里的园林，古宅碧水，热
情地期待着全国各地的游客。无论是在酒楼用餐，
还是在茶馆闲坐，悠悠的古琴名曲和江南丝竹，总
是萦绕在我的耳畔。人们都说江南美景如诗似画，
这里人杰地灵，自古以来才子风流，今日身临其
境，果不其然！似乎在这里还没有呆够，明天就要
回北方了，这里再好，毕竟不是我的家乡。

秦 淮 河

碧水秦淮空自春，六朝遗梦变无伦。

凄凉十帝亡国恨，惆怅如今少解人。

戊戌年春孟月

释义

　　号称六朝古都，秦淮河畔的南京。曾经六个短命王朝粉墨登场，变幻无常。（六个短命小朝廷分别是指：孙吴政权，东晋政权，南宋政权，南齐政权，南梁政权，南陈政权。）无论历史如何兴衰变化，秦淮碧水只自缓缓东流，又有谁知道，这座古城凝聚着十多个末代亡国之君的千古遗恨？看如今乌衣巷口，夫子庙前，游人如织，又有几人知晓历史，了解南京城的交替兴衰？

登龙骨山

初秋微雨草清新，痴客途迷误是春。

鸟语虫啼空山静，登临高唱学杜吟。

丙申年秋孟月

释义

　　初秋雨后，徘徊在山间小路，草色清新，心情
舒畅。如醉如痴中似乎走错了路，又让人以为是细
雨霏霏的春天。鸟啼和虫叫声萦绕在耳畔，更衬托
出空山的寂静。我信步登上了山的高处，仿效着唐
朝的杜甫，高声吟诵遣怀的诗篇。

登龍骨山
和秋微雨
草莆新
詞客還述
誤是春
鳥語空啼
空山靜
登臨高唱
學枕吟
歲次乙
乙春偉東詩
三樹寨
松京華
并題記
以

咏滦州

殷商孤竹地，辽祖设滦州。

桓霸曾驻马，夷齐去不留。

魏武书佳句，世宗几登楼。

高第载明史，奇女报姊仇。

古城今新建，商贾利中求。

斜阳残照美，物候正初秋。

遗迹何处觅，濡水只空流。

乙未年秋孟月

释义

　　滦州古城在殷商时期本是孤竹国的属地，辽太祖耶律阿保机正式命名为"滦州"。春秋时期的霸主齐桓公北征，在这里留下了老马识途的典故。伯夷叔齐相互谦让国君的位置，离开了这里，自此从没回来过。曹操北讨乌桓在这里留下了不朽的诗篇。清世宗乾隆曾几次在这里登楼远眺。明朝时的高第，也算是地方知名的清官。民国时的杨三姐三次告状，给姐姐报仇，也算是一段佳话。我来这里旅游，看到全是新的仿古建筑，一些小商贩为了谋求利益，显得不太文明。虽说这样，在初秋的季节，夕阳残照还是很美，千百年来留下的遗迹，如今不容易看到了，唯有滦河之水静静东流，似乎在诉说着当年往事。

京西秋山行

西风渐日落，秋影舞婆娑。

鸟语空山静，虫鸣宿何托？

玉兔东林上，黄鼠北寻窝。

凄凉八行字，萧瑟五言歌。

戊戌年秋季月

释义

　　那是一个深秋的季节。我驾车行驶在京西房山区大山深处，但见秋风落日，树影婆娑，鸟鸣萦耳，衬托着空山寂静，虫啼凄切，今晚不知露宿在何方？不知不觉月亮从东方冉冉升起，像黄鼠狼之类的山中小动物，也在寻找自己的巢穴。这种荒凉萧瑟的深秋黄昏，使我产生了一种莫名的伤感，于是才写下了这首五言律诗。

京西南窖村

秋山萧瑟近黄昏，昔日繁华今不存。

络纬寒蝉啼老树，空庭旧舍半掩门。

荒凉古道行人少，寂寞孤村有暮吟。

世事无常皆代谢，恍惚吾辈烂柯人。

丙申年秋季月

释义

秋天的黄昏，我来到了京西大山深处的南窖
古村落，昔日村镇的繁华不复存在，如今这里甚是
萧条，看到的基本都是留守的老人。深秋季节的知
了和纺织娘在老树上鸣叫，残损的房屋和空阔的院
子、破旧的木门半开半掩。古老的山间村路上很少
见到行人，唯有我在暮色中彳亍（chì chù）徘徊，
自言自语，感慨世事无常，代谢交替。哈哈，我恍
恍惚惚，仿佛就是进山采药烂掉斧柄的樵夫王质。

寂寞夜中吟

写 诗

清茶夜伴写心篇，格律推敲近似癫。

平仄相随须反复，音声交错易成联。

寻章低诵择佳典，摘句轻吟久不眠。

只恨胸中文墨少，语疏词匮凑七言。

戊戌年冬仲月

释义

　　寂静的深夜，品一杯清茶，用古体诗的形式写一写自己的心声。古体诗讲究格律，平仄相反、抑扬顿挫、对仗公正等，我反复推敲斟酌如痴如狂。翻阅书籍低声诵读选择适合的典故，查找词句再三考虑很久还没有入眠。现在忽然感觉到读的书太少了，词语的储存量实在有限，让我很难写出像样的诗句。

寫詩

清茶夜伴寫心篇
格律推敲近似癲
平仄相隨頻反復
音声交錯易成眠
尋章佩誦拌住典
搞句敲吟久不眠
只恨胸中文墨少
語蹶調匱来七言
趙煒真詩意
街衷似斯圖
以和之

写 梦

梦入滇南近小城，月明花锦晓风轻。

异龙湖畔清波影，来鹤亭前舞惊鸿。

昔日陈王赋洛水，难得吾辈此地逢。

二十一弦弹一曲，五十六字赠君情。

戊戌年冬仲月

释
义

　　在若梦若幻中似乎来到曾经旅游去过的云南（石屏）小城附近。花鲜月明，晓风轻柔，清波荡漾的碧水、典雅古老的木亭，不知是月宫仙子，还是水中女神？在湖中亭内翩翩起舞。水中倒影，舞姿轻柔，这个湖似乎叫做异龙湖，这座亭仿佛呼做来鹤亭。三国时的曹植途经洛水，在一个明月之夜与美丽多姿的洛水女神相遇，皆因人神相隔无从结合，最后含恨分离，难道我从这里遇到的是洛水女神吗？她为我用古筝弹奏了一首美妙的乐曲，我回赠了她一首七言律诗。

冥夢

夢入顏南近小城月用花錦晚庭輕
異龍洞群情波影森鶴亭前舞惊鴻
昔日陳王賦蕩水唯得吾擧此地逢
二十一弦彈一曲五十六字贈君情
趙懷京詩意擗東依封意悠懶閒
己亥夏松京華目然軒

小园作

夜读南阳庾家篇，魂随兰成进小园。

瓦舍数间檐后柳，荒庭几亩在屋前。

草木自生莫修剪，积雨成池土成山。

柴门七尺清溪水，田间三径纵陌连。

独居寂寞来客少，黄耳为朋侣杜鹃。

四季只盼东风暖，六月南山午睡闲。

知我唯有秋庭月，凤尾轻拨对玉蟾。

三冬岁末惜年尽，五更读书蜡灯寒。

忽闻鸡鸣天欲晓，原来幽人一梦残。

丙申年秋仲月

释义

　　写这首诗体现了我理想中的一种自给自足、与世无争、安贫乐道、宁静致远的隐士生活。

　　深夜读南阳文学家庾信的《小园赋》，在若梦若幻中，脑海里浮现出一幅场景：瓦舍数间，庭院几亩，檐后杨柳，屋前草木自生自长，不去管它。雨水下在院子里，流向低洼处形成了小池塘，高的地方长满了杂草就像小土山，真是清溪绕舍。田间小路纵横交错，而我只是寂寞闲居，朋友稀少，只有杜鹃鸟和一只黄色的狗与我相伴。我一年四季生活也算闲适，春耕看蝶，夏日闲睡，秋天月下弹琴，冬夜灯下读书。忽然听到了几声鸡叫，不知道自己刚才是出现了幻觉还是恍然从梦中醒来。

故乡夜

秋夜乡村静，书窗灯半明。

虫啼三两处，犬吠四五声。

庭外独席久，床前卧看星。

繁华今已厌，寂寞度余生。

戊戌年秋仲月

释
义

    这首诗语言简单朴素，写的是实实在在的农村秋夜生活。

    夜晚寂静。远看书房灯光幽暗，只有偶尔几声虫鸣夹杂着几声犬吠。院里坐累了，回屋睡觉。躺在床上隔窗看星：不喜欢熙熙攘攘喧嚣的都市生活，只希望这样平平淡淡度过我的后半生。

故鄉夜

秋夜鄉村靜
書窗灯半明
虫啼三两霞
犬吠四五聲
庭中獨坐久
床前卧看星
繁華今已厭
寂寞度余生

趙偉東
詩意
樹束作斯
圖以和之
歲次已亥夏
於京華
自然軒

端午书梦

端阳残梦近湘沅，泪水楚天独怅然。

寂寞褐衣香魂冷，凄凉苍鬓首丘还。

如今谁解离骚苦，屈子曾经久问天？

多少书生言壮志，先师向日赤心悬。

丁酉年夏仲月

释义

　　端午节的前夕，梦中来到了江南楚地，游历了湘江、沅江和汨罗江。但见水天相连，无边无际，在依稀恍惚之中，仿佛有一个穿着灰色破旧衣服，蓬头垢面的身影，他心念故国，清高缥缈，在我面前若隐若现。现在的人谁能理解屈原在离骚中的忧国之苦？诗人痛苦高吟写下了《天问》不朽的诗篇，而如今的年轻人多是不切实际地写文章表达自己的豪情壮志，怎比得上爱国诗人一片忠心，如日高悬。

端午書夢

端陽瓊漿涉近湘沅
汨水楚天獨悵然
寂寞禍我香魂冷
凄涼丟顏會立庭
如今難解吾縣苦
屈子豈枉久聞天
多少書生言壯志
先師向日亦心懸
右綠趙惇東
詩一首
蟲次己亥夏
三樹東生斯圖
以和之

夏夜听雨

无睡夜阑听雨声，茶残墨尽晓灯明。

嘶嘶虫语牵心事，阵阵蛙啼动客情。

寂寞独爱凄凉美，凄凉多是寂寞萦。

四十三年如一梦，二十一载任飘零。

丁酉年夏季月

释义

　　夜很深了，外面滴滴答答的雨声，陪伴着我这
不睡之人。一杯清茶、一管毛笔、一盏半明半暗的
孤灯下听着一阵阵、一声声的青蛙叫，夜虫鸣，让
我心潮涌动，思绪万千。我喜欢这样凄清的夜晚，
也喜欢一个人独处，更喜欢这种凄美的寂寞。想我
已经四十三岁了，如同做了大梦一场，在不知不觉
中已经在外面漂泊了二十一年。

夏夜聽雨

無眠夜闌
聽雨声
茶殘墨盡
灯半明
嘶嘶虫語
牽心事
陣陣蛙啼
動客情
寂寞獨愛
凄凉美
凄凉多是
寂寞萦
四十三年
如一夢
二十一載
任飘零
趙偉東詩
樹棠和之

秋夜有怀

衰灯落月夜更深，络纬秋啼异乡人。

园里蟋蛄悲年尽，庭前桐叶恐化尘。

曹操吟诗去日苦，徐福寻仙为离秦。

元亮弃官归乡里，功名不如自由身。

丁酉年秋季月

释义

寂静的秋夜已经很深了，残灯寒蝉，还有纺织娘对着我这异乡人在凄凉地鸣叫。园中的知了似乎感觉到了自己末日即将来临，房前的梧桐树似乎也怕叶子落在地上化作泥土。曹操在《短歌行》里曾有去日苦多的名句；徐福以寻仙求药为借口，离开了秦国；东晋时的大诗人陶渊明，弃官归隐回家耕田，细细想下，功名利禄真不如自由自在，无拘无束地活着。

冬夜寄诗

帘外雪如絮，寒灯未眠时。

思母梦中遇，诗寄有君知。

少年为客早，老大逢君迟。

惆怅年华逝，白发几增丝。

丙申年冬仲月

释义

　　帘外白雪飘飘，如同暮春时的柳絮。屋内寒冷的灯光，陪伴着我久久难以入睡。思念母亲，希望梦中可以遇到。写完诗能寄予你，我的知心朋友。为了谋生，年少时就开始在外奔波忙碌，人到中年与君交往，感觉相见恨晚。光阴匆匆流逝，让人无限惆怅，不知双鬓又会增添几根银丝。

晓 秋

九月凄风夜，五更衾枕寒。

梦断虚境远，帘外晓星残。

陈王思洛水，嫦娥恨独眠。

莫道浮生短，王质烂柯还。

戊戌年秋季月

释义

　　深秋的后半夜显得有些寒冷，一觉醒来很难回忆起梦中的仙境桃源。唯有窗外残星闪耀，似乎天要破晓。三国时的陈王曹植因思念洛水女神写就了凄美的洛神赋，估计嫦娥后悔不该偷吃仙药，现在只得在凄冷的月宫孤枕独眠。千万不要埋怨人生的短暂，樵夫王质进山砍柴，深山里一局棋没有看完，尘世间已经过去了几百年。

晓秋
九月臺風夜
五更衾枕寒
夢斷虛覺迢
爷外曦星殘
陳玉思落水
嬌娘恨獨眠
莫道浮生短
玉貞燦柯還
趙偉東新
三榭東旅
詩意佐嬌
圍以和之

梦游燕子楼

昨夜梦魂燕子楼，斜阳衰草已千秋。

西风似诉当年事，独立空阁几许愁。

重义痴情关家女，曾经红尘染风流。

如今盛世尽歌舞，多少夫妻难到头。

丁酉年秋仲月

释义

　　"燕子楼"位于现在的江苏徐州，是唐朝时期徐州节度使张愔为自己的爱妾关盼盼所建。关盼盼虽是青楼歌妓，但与张愔的爱情可谓坚贞不渝，张死后关终身未嫁，独守燕子楼十年，最后殉情而死。

　　昨夜梦魂悠悠来到了千里之外的燕子楼上，正值斜阳残照，衰草满地，萧瑟的西风似乎在倾诉当年的往事。独自站在楼上，斜倚栏杆不由得让人平添了几许忧愁。想起了当年名噪一时的歌妓关盼盼，对徐州刺史张愔如此的钟情中意，令人钦佩。再看看现在繁华盛世，人们衣食无忧，劲歌劲舞，不知有多少夫妻同床异梦，甚至半路途中分道扬镳。

082

花中四君子

梅

春来四五朵，冬去两三枝。

暗香黄昏雪，月下舞冰姿。

兰

贞士怜蕙草，君子爱兰花。

寂寞幽香远，山林处士家。

竹

庭前数尺碧，窗外几分春。

今古高节士，岁竹比自心。

菊

耻与花争艳，霜寒独自开。

西风一夜雨，枝瘦立荒台。

丁酉年冬仲月

释义

　　送冬迎春，一枝独放，暗香傲雪，在月下亭亭玉立，冰清玉洁，这就是我笔下的梅花。

　　有节操的士人，坦荡的正人君子，他们都喜欢绘兰花的高雅与芬芳，兰花和山林里道德高深的隐士一样，淡淡的幽香飘得很远。

　　数九寒天，窗外庭院中却有几分绿色，似乎有点春天的感觉，自往今来高风亮节的君子、雅士，自比岁竹，有种傲寒斗雪坚韧不拔、不与世俗同流合污的精神。

　　懒得和一些世俗的花草争芳斗艳，在寒霜之中傲然挺拔，独自绽放。寒冷的秋风掠过，昨夜一场秋雨，消瘦的菊枝在风中摇曳，更是一种苍劲肃杀之美。

心 境

时逢初冬月，夜久北风闻。

读书神不在，修道染杂尘。

名利常挨近，世俗总相侵。

六根心难净，七情日做邻。

梦中遇庄老，吾辈愧先君。

戊戌年冬孟月

释义

　　初冬的夜晚，外面刮着凛冽的北风，我本想把红尘中的一切全部忘掉，心无杂念安安静静地读书修道，在现实中应该很难做到。总是抵御不住名利的诱惑和世俗的侵扰，也抛不掉人世间的七情六欲。如果在梦中遇到庄子和老子，这两位道家思想的先师，不知我会有多么的惭愧。

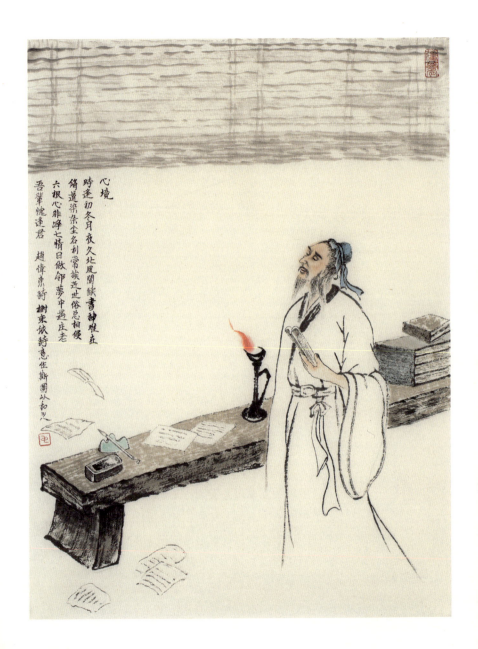

心境

時逢初冬月夜久北風開牖　書神難立
脩遺染雜塵名利常被近世俗怠相侵
六根心非淨七情日做邻夢中遇庄老
吾筆慌逢君　趙偉東詩　樹東依詩意
作斯圖以和之

秋　夜

凄凄风寒夜，点点雨中秋。

落叶飘飘下，征人缕缕愁。

不知有代谢，误做世中谋。

悟道知天命，穷通任自由。

丁酉年秋季月

释义

　　秋夜微寒，凄风苦雨伴随着落叶飘零，给我这在外谋生的人平添了缕缕的乡愁。为人就怕不懂天地大道的运行规律，总是自以为是，自作聪明，盲目地做各种计划。智慧的人，一般都是守时待命，顺天而行，人生成功也好，失败也罢，只要按自然规律去做事，老天自会对你有一个好的交代。

夜 半

西窗月没晓风寒，北斗星高已阑杆。

凄凄秋夜三更冷，寥寥幽人一梦残。

少小家贫飘蓬早，中年好道返自然。

张良辞官功成退，范蠡归湖半世闲。

乙未年秋季月

释义

　　从梦中醒来，仿佛已是后半夜，感觉身上有些
寒冷，窗外月亮渐渐从西边落下，残星闪烁，是不
是天快亮了？我躺在床上再也不能入睡，想想自己
的身世，因为家里穷，很小就出来在外漂泊。如今
人到中年，明白了，无论做什么事都应该顺应自然
规律。西汉时的张良，功成名就之后，辞去高官，
归隐于山林；春秋时的范蠡，帮越王灭吴之后，不
为名利所动，小舟载酒游于五湖，落得半生清闲。

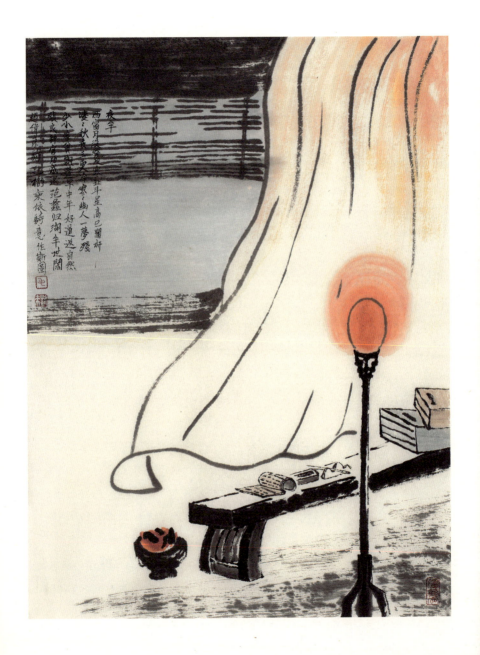

无 题

楚王神女宋家篇，细雨衰灯伴客眠。

笙吟箫唱魂飞远，曲径花溪树鸣鸾。

谁家俏丽浣纱女？皓腕纤指待嫁年。

柳腰微倾灵波浅，乡歌低吟坠玉盘。

悦目佳人因朴素，赏心芙蓉本自然。

莫道今生无知己，刘郎入洞去不还。

丁酉年秋季月

释义

写这首诗表达了我向往一种纯洁、朴素、真实的美！

战国时期的辞赋家宋玉，曾为楚王写过一篇凄美的神女赋。这是一个细雨残灯的夜晚，我若梦若醒、若真若幻，随着笙箫之声来到一条鸟语花香的小溪边，看到一个俏丽多姿待嫁之年的女孩，用清澈的溪水在洗衣服，水影里映着她微微弯下的杨柳细腰，口中轻唱着清脆悦耳的家乡小调。她的赏心悦目主要是因为真实朴素，如同那出水的芙蓉一尘不染，真希望她能够做我的红颜知己。刘晨进山采药误入了仙女的洞中，摆脱了滚滚红尘，再也没有回家。

自　语

半世飘蓬一本诗，荒唐文字几分痴。

夜来思量浮生事，河水人心哪个直？

戊戌年冬孟月

释义

在外漂泊了半生，写了这本诗集，语无伦次的荒唐文字，看上去似乎有些痴癫。夜里没事儿的时候回忆一下，自己前半生经历的事情，九曲十八弯的黄河与人心作比较，分不清究竟哪个直哪个弯。

惆怅年华逝

乡 居 (一)

可怜宝剑篇，荏苒半穷年。

村居繁华远，耕读反自然。

诗茶三杯酒，书画七古弦。

春暄和风暖，秋高皎月圆。

虽无刘郎志，却有葛公闲。

潇潇一夜雨，寂寂五更寒。

戊戌年秋季月

释义

　　在外面漂泊久了，人到中年产生了思乡之情，于是在家开荒结庐，写了几首小诗。

　　好可惜当年凌云壮志，豪气冲天，如今已年过不惑，慢慢即将走向衰老，却一事无成，在家乡的村社居住，远离繁华闹市，过着读书耕田的日子，返璞归真。闲暇的时候可以写写诗，品品茶，饮饮酒，学学书法，练练画画，弹一弹古琴。春天和风送暖可以沐浴阳光，秋天的夜晚坐在院子里对月遐思。虽没有三国时期刘备那崇高的志向，却有东晋名士葛洪那种超然物外的悠闲。一夜春雨过后，拂晓前的凄凉寂寞倒让人感觉有些惬意。

乡居一

可好宇剑閣

茌冬干八穷年

村居恋目然

耕讀友目然

詩茶三炕酒

書画七古馱

春暄和風暖

秋高咳月圆

雖無劉即志

却有蓋公閒

家鄉一夜雨

三樹東侠詩

趙薄東詩意

寂莫五更寒

己亥夏松菊華

意寫以

自然軒

乡 居 (二)

朝吟小园赋，暮咏陋室铭。

吾辈德才浅，居安心不宁。

龙泉徒悬壁，青简久尘封。

曾经名利往，今日养疏慵。

戊戌年秋季月

释义

　　早上读南朝文学家庾信的《小园赋》，黄昏时吟诵唐朝诗人刘禹锡的《陋室铭》。感觉自己德疏才浅，住着宽敞的房子，过着舒适的生活，心里反而有些不踏实。宝剑空在墙上挂着，施展不了自己的作用，书集上堆满了灰尘，很久也没有看过。曾经碌碌多为热衷于名利的我，如今懒懒散散看淡了身外的一切。

鄉居 二

朝吟小園賦 暮咏陋室銘 吾輩德才疏
居安心亦宁 龍泉徒懸壁 青簡久尘封
曾經名利往 今日卷疏慵

右録趙儍京詩一首 榆窠徐斯圖知

独 坐

空亭独坐不思家，斜倚栏杆侧看霞。

玉兔不觉东林上，嫦娥伴我摘桂花。

丁酉年夏梦月

释义

　　黄昏的时候自己独坐在山中的空亭子里，享受着这份宁静与寂寞，不愿回家。斜倚着栏杆，歪头看西天的晚霞，不知不觉月亮从东方的树林中冉冉升起。传说中月宫有很多桂花树，多么希望嫦娥能陪同我摘取树上美丽的桂花。

独坐

空亭独坐未忘家
斜倚栏杆侧看霞
玉兔不觉东旅上
嫦娥伴我摘桂花

伟东诗意倒东坐图以和之

信 步

人间八月末，微雨送中秋。

晓步乡间路，蒲编盖满头。

翼重蝉歌怨，天凉雁声忧。

薄云藏落日，无故惹闲愁。

戊戌年秋孟月

释

义

　　农历八月末九月初的季节，天空中下着蒙蒙细
雨，气候渐渐转凉。我走在潮湿的乡间小路上，怕
淋湿了自己，戴着一顶自己编织的大草帽。秋蝉被
雨水淋湿，翅膀沉重，飞不起来，叫声凄凉；空中
北雁南归，断断续续发出几声幽怨的哀鸣。现在应
该是黄昏的时候，但落日藏在了云层的后边，无缘
无故让人产生莫名的惆怅。

116

秋 雨

滴滴微雨进残秋，瑟瑟西风不胜愁。

少年慷慨浮波志，壮岁阑珊效许由。

寂寞诗茶闲度日，凄凉书剑已无求。

回看风尘四十载，难辨蝴蝶与庄周。

丁酉年秋季月

释义

一个细雨滴滴、西风瑟瑟的残秋季节，我临窗听雨，思绪万千，莫名其妙的忧愁涌上心头。曾经激昂慷慨，要效仿东汉时的伏波将军马援，报效于国家。如今年过不惑，依旧在外漂泊，不知不觉中头发已经半白，写诗品茶，虚度光阴，以充实内心的寂寞。如今有书不读，宝剑徒悬，文不成武不就也没有了什么追求。回想一下，已经虚度了四十年的大好光阴，稀里糊涂的，也分不清，我是在做梦，还是梦中就是我，静待着大道合一。

秋雨

潇潇微雨逼残秋瑟，西风不耐愁。少年慷慨浮淩志，壮岁開耶效許由。

寂寞诗茶閒渡日妻凉書剑已無求回看風塵四十载唯辨蝴蝶與莊周

壬寅詩樹東作圖如此

清 明

杏月如诗春正浓，众芳摇曳盼天晴，

一渠碧水鹅鸭戏，两岸金柳掩钓童。

细雨微寒他乡夜，罗衾半暖家梦萦。

今人已忘寒食日，遥望绵山思介公。

丁酉年春仲月

释
义

　　时逢农历二月末三月初，春令当时，正直清明佳
节。天气小阴，花儿似笑含情，待放未开，不知为什么
我却没有写诗的灵感。河渠里的春水碧绿，悠闲的鹅鸭
在水中游来游去，两岸金色的垂柳，掩映着正在垂钓的
童子。细雨微寒的春夜，让我这异地漂泊的游子，魂牵
梦绕着寂寞的家乡和久别的双亲。现在的人已经不知
道了，在清明的前一天是寒食节，我远望着山西绵山的
方向，想起了被火烧死的晋国忠臣介子推。

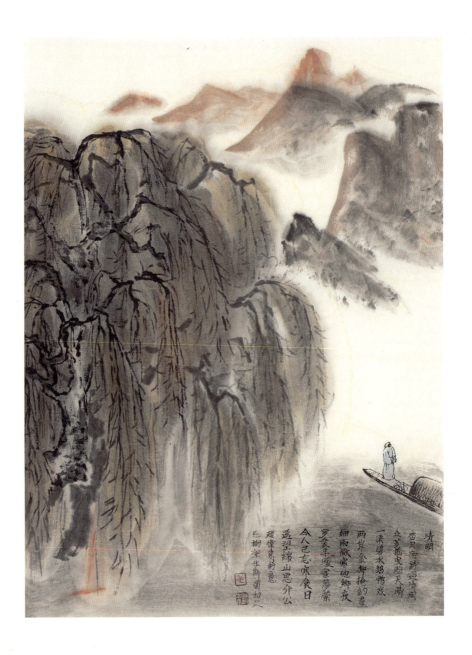

元日有怀

锦衣盛宴进新春，独放梅花笑对人。

多少世俗名利客，不读诗书愿拜神。

求财求势求富贵，为寿为福为子孙。

愚生闲悟乾坤道，善恶穷通自有轮。

乙未年春孟月

释义

　　穿上了鲜艳漂亮的衣服，吃着盘子里的珍馐美味，开始高高兴兴地迎接新年。在这个季节唯有梅花一枝独放，笑看着人生百态。在物欲横流的今天，多少热衷于红尘名利的人，不去读书修德，在除夕之夜总是烧香拜佛，求什么升官发财，荣华富贵，为自己福寿绵长，为自己多子多孙。我虽然愚昧，但却晓得事物的发展规律，善恶自有因果，穷通必有轮回。

元日有怀

锦衣盛宴进新春
独放梅花笑对人
多少世俗名利客
不读诗书愿拜神

求富贵
势求
求财求
无寿考
福荫子孙
愚生开悟乾坤道
善恶穷通自有轮
右绿赵伟东诗
一首榭来依诗意
作斯图和之

秋末偶书

不觉秋逝近冬寒，人到中年岁月闲。

世事枯荣休计算，浮生穷通尽自然。

富贫只是三更梦，贱贵仿佛一觉眠。

庄周鼓盆成大道，老子出关去未还。

戊戌年秋仲月

释 义

　　不知不觉秋天已经过去，又来到了寒冷的冬天，人到中年把一些事已经看淡了，开始过起了清闲的生活。世事的好坏用不着去精于算计，人生的成败老天自有安排，贫与富不过是昙花一现，贵和贱也不过是大梦一场。庄子鼓盆而歌，用这种方式为死去的妻子送行。老子留下了道德经，骑着青牛逍遥地离开了函谷关，再也没有回来。

秋夜偶書

不覺秋逝近冬寒
人到中年歲月閒
事世柏涼休計算
浮生空過盡自然
富貴只是三更夢
殿貴仿佛一覺眠
庄周鼓盆成大道
老子出關去亦還
右錄趙偉東
詩一首
毛樹棠作畫
圓以初心人

遣 怀

莫道归期未有期，家乡若近又若离。

荏苒风霜游子意，萧条岁月有谁知？

故园田地多荒草，心轻志远友人稀。

荣辱评说身外事，名利奔忙无尽时。

乙未年秋中月

释
义

　　别总是念叨着要回家耕田，过一过相对稳定的生活，但是一直没有明确的时间，家乡是这么的近，又似乎那么的遥远。不知不觉寒来暑往，已在外漂泊了多年，艰难岁月，人情冷暖，有谁能够体会到我内心深处的寂寞。家乡的田地多年没有耕种，已经荒芜，长满了杂草。看淡了世事，志向缥缈，所以朋友越来越少。荣与辱让别人评说，只是身外的事情，为名利奔波忙碌，最终没有尽头！

遣怀

莫道归期未有期
家乡若近又若离
荏苒风霜诱子意
萧条岁月有谁知
故园田地多荒草
心轻志远友人稀
荣辱轩貌身外事
名利奔壮无尽时
赵伟东影莉遣
楠东作画和之

暮春绝句（一）

斜阳烟柳客念归，几度怅然怀采薇。

尘世难得开口笑，唯将凝恨对残晖。

乙未年春季月

　　望着烟柳后面欲落的夕阳，茫然惆怅。时而想起伯夷叔齐，在首阳山不食周粟，过着采薇充饥的生活。时而又想起少年时期，暮色中在家种田的感觉。在人世就是这样，难得顺心如意，笑语欢歌，内心中凝聚着无限的仇恨，只能对着落日余晖发一发牢骚。

134

暮春绝句 (二)

蓦然回首已归春，飞絮落红半恼人。

谁解飘蓬憔悴客，梦萦寂寞故园村。

乙未年春季月

136

释义

在不经意间春天已经悄然逝去，满地的落花和空中飘舞的飞絮，无缘无故给人平添烦恼。有谁能理解，我这在外漂泊、憔悴潦倒的异乡客人，总是魂牵梦绕着家乡那偏僻寂寞的村庄？

孤村寻友

潇潇秋雨润孤村，瑟瑟西风少路人。

狐鼠寒鸦鸣北野，蛇獾暮鸟宿西林。

不咏辛词慷慨志，唯吟谢赋道家心。

壶公采药进山去，孔父周游只为仁。

丁酉年秋季探

释义

　　我有一个朋友，住在京西浦洼乡的大山深处，几乎过着与世隔绝的生活。一次我去拜访他，正值秋雨霏霏，天色渐晚，虽然没有见到友人，却领略了一番荒凉萧瑟的秋景。

　　潇潇的秋雨润湿了寥落孤寂的荒村，瑟瑟寒冷的西风路上根本看不见人。如狐狸、黄鼠狼、獾、蛇、野鸟、乌鸦之类的小动物，在北边的山上胡乱奔跑鸣叫，在西边的树林里，寻觅过夜的巢穴。我不想朗诵南宋辛弃疾慷慨激昂的词句，唯有轻吟着南朝谢灵运带有道家思想的山水诗赋。济世救人的壶公，进山去采药一直都没有回来，孔夫子周游列国，四处碰壁，主要是为了推行他的仁爱思想。

春 夕

春来依旧着寒衣，冬去悄然尚不知。

借问年华何处逝，惆怅夕阳欲下时。

乙未年春仲月

释义

春天已悄悄来临，身上还穿着厚厚的衣服。冬天已经过去了，人们似乎都没有感觉。请不要问我大好的光阴都去哪儿了，面对着欲下的夕阳，心中多是惭愧、惋惜与惆怅。

春夕

春来依旧
着寒衣
冬去愔然
尚未知
借问年华
何处逝
惆怅西陽
欲下時
右绿赵嘏
東詩一首
己亥夏
已榆東故
詩意作
斯圖并
記之

晓山行

出日月星没，山冥曲径深。

鸟唱幽声远，风摇古木林。

招提晨光下，吾辈暂忘尘。

虽无修佛意，却有清静心。

己亥年春孟月

释义

太阳冉冉从东方升起，此时渐渐看不清楚天上朦朦胧胧的星星和月亮，脚下的小路好像还有些幽暗，弯弯曲曲通向山的深处。悦耳的鸟叫声清脆而悠远，徐徐清风，拂动着路边古老的树木。沿着山间小路信步前行，在慢慢明朗的晨光下，眼前出现了一座陈旧的寺庙。我在神像前顿首叩拜，暂时忘却了尘世间的忧愁与烦恼。虽然没有吃斋念佛虔心皈依的念头，但确实能感受到内心的清静安宁。

雪 日

庭前三寸雪，檐后一枝春。

东陌连荒野，南阡入暗云。

孤村繁华远，幽客午梦沉。

诗茶品寂寞，日暮梁父吟。

己亥年春孟月

释义

　　院子里下了一层不薄不厚的春雪，墙角、檐后梅花绽放，与飞雪互相争春。门前一条笔直窄长的道路，与村东荒凉的田野相连，南面弯弯曲曲的乡间小径连绵不断，没有尽头，似乎延伸到了昏暗的云层里。清静的乡村，远离繁华闹市，这正好适合我这种幽隐之人生活。睡一个香甜的午觉，午睡醒来品品茶，写写诗，尽情享受这种安静与寂寞。不知不觉黄昏将至，高声吟诵起蜀汉丞相诸葛亮最喜欢的《梁父吟》。

雪日

庭前三寸雪
檐后一枝春
東陌連荒野
南阡入暗雲
孤村繁華遠
幽客午夢沉
詩茶品寂寞
日暮梁父吟
右綠趙偉康
詩一首
毛樹東依
詩意作斯圖
歲次已亥夏
枕泉華
自然軒并
題記此

春 雪

春来一场雪，落地却无声。

野径行客少，玉尘洗空庭。

今夜离别酒，明日启征程。

莫道他乡好，心系故园情。

己亥年春孟月

释义

　　春节刚过，就迎来一场不大不小的飞雪，飘飘洒洒，落在地上悄无声息。通往田野的路上看不到行人，洁白的春雪洗刷着庭院里的灰尘。今天晚上，家人要向我举杯践行，明天又要踏上远行的征程。不要认为异地他乡是多么的美好，无论走到哪里，都会心系着生我养我的家乡这片故土。

自 遣

天生愚客字渺无，半世无成枉读书。

少小家贫飘零早，中年好道自结庐。

人情冷暖皆看淡，世态炎凉笑江湖。

闲坐东窗书秀句，名缰利锁不丈夫。

戊戌年冬季月

154

释义

　　我天生痴呆愚笨，还给自己起了个字叫渺无。半生过去了，一事无成，白白读了这么多书。小的时候因为贫困，早早就离开了家，独自在外飘零度日。人到中年渐渐喜欢上了清静无为的道家思想，用攒下来的积蓄在家盖了几间房子。尘世间的人情冷暖，世态炎凉，看得比较淡薄，一笑了之而已！没事儿的时候，闲坐在窗下写写诗词，被名所捆绑，被利所束缚，并不是真正有志男儿所干的事！

自遣

天生愚客自紛紛　半事無成杜詠書
少小家貧飄零早　中年好道自結廬
人情冷暖皆看淡　世態炎涼笑玩湖
閑坐車窗尋妙句　名韁利鎖非丈夫

偶承詩意己亥謝東寫

咏史悟人生

咏后主

小楼春水古今传，后主凄凉哀暮年。

沦落家国空词帝，离歌教坊终未还。

多情天子非无道，仁厚君王岂是贤。

且看史书八万字，南唐北宋两茫然。

己亥年夏孟月

释
义

　　李后主的"小楼昨夜又东风"和"一江春水向东流"，
一直以来千古传诵。可惜他治国无能，被雄才大略的北宋
太祖所俘虏，到最后晚景凄凉。国破家亡，囚禁他乡，梦
中萦绕着教坊悠悠的歌声，金陵一别再也没有回去过。虽
然失去了君主的位置，但也被后人尊为一代词帝。治理国
家要懂权谋和方法，多情好色不是天子应该做的事，宽厚
仁爱也未必是有道的明君。再看看北宋和南唐的历史，国
家灭亡似乎有着惊人的相似。这已经是过去了，一切都被
滚滚的红尘所淹没。

咏後主

小樓春水古今傳
後主凄涼淚暮年
淪落家國空翰席
高歌歎息終未還
名間天子非有道
仁厚君王亦必賢

青英書八千字南唐北宋丙辰然
詩意樹承作圖和心

咏 荆 轲

曾为沦落客，呼作燕地侠。

太子顿首拜，田光血染砂。

於期慷慨死，长剑不归匣。

易水风萧瑟，咸阳古道花。

图穷匕首现，壮士憾天涯。

评说三杯酒，功过一壶茶。

乙未年秋仲月

释
义

　　你曾经是居无定所，四处沦落的卫国游客，转瞬间在燕国都城，被人誉为知名的剑侠。燕国的太子丹向你叩首跪拜，名仕田光因为举荐你，为了保持自己的名节，不惜血染黄沙。樊无期将军，想助你刺秦成功，慷慨就义，拔剑自刎，宝剑再也没有还匣。易水河边寒风萧瑟，朋友们为你送行，通往咸阳的古道两侧，开满了白色的野花。你向秦王献地图时，亮出了行刺的匕首，但行刺未果，让你这鼎鼎大名的壮士遗憾终生。有多少后人在品茶喝酒时，对你的是非功过争论不一。

咏荆轲

曾为沦落客
呼做燕地侠
太子频首拜
田光血染砂
於期慷慨死
长剑不归匣
易水风萧飒
咸阳古道花
圖穷上首現
壮士憶天涯
評說三杯酒
功過一壶茶
右绿懷東詩
一首聊寄束
有感而作斯
圖並和之

咏阮籍

谁解陈留阮步兵，竹林醉卧笑刘伶。

情真泪悼贫家女，不屑高皇咏大风。

家中有客开青眼，门外无人扫落红。

古道萧条几车马，云台穷路起悲声。

丁酉年秋孟月

　　谁能理解家住河南开封附近的步兵校尉阮籍，总是这样恃才傲物，放荡不羁。在竹林里和朋友们聚会，经常讥笑酒仙刘伶的酒量不如自己。一个素不相识的贫家姑娘去世，他情真意切地号啕痛哭去吊唁人家。看不起汉高祖刘邦是侥幸当上的开国皇帝，只对自己的好朋友，魏晋名士嵇康礼待有加。他虽说在朝为官，但门庭冷落，很少与人来往。他经常驾着马车漫无目的，在萧条的古道上向远处奔跑，云台山下没有了道路，就大哭一场驱车而返。

咏 杨 朱

一毛不舍贵惜身，墨子何须重鬼神。

世事本来无爱恨，浮生不必分贱贫。

霸主争雄乱天下，法家身败却强秦。

唯有先师知大道，曾贤孔圣枉谈仁。

戊戌年春孟月

释义

不能轻易损失自己身上的一根毛发，唯独自己的身体才是最宝贵的。墨子没必要太重视鬼神思想，当你达到一定境界，把尘世间的一切看淡了，顿悟之后，发现世上并没有爱与恨的思怨，也不存在贫与贱的差距。一些霸主们为了名声和利益，你争我夺反而扰乱了天下，法家用阴谋诡计富强了秦国，到最后自己却不得善终。唯有杨朱先师总是保持道家朴素无为的思想，透析人性，知进知退。儒家的两位圣人孔子和曾子总是空谈仁爱，在那个礼坏乐崩时期根本起不了实际的作用。

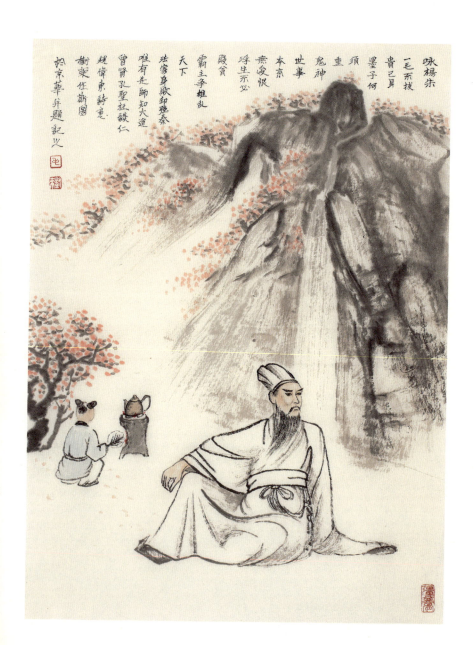

咏楊朱

一毛不拔
貴己身
墨子何
須
重
鬼神
世事
本來
無愛恨
浮生不必
殷貧
霸主爭雄丸
天下
法家身歇卻強秦
唯有先師知大道
曾賢孔聖杜酸仁
規嘗東詩意
樹東佐斯圖

枳京華井題記心

咏 徽 宗

才高志短遂宁王，艺广德疏末宋皇。

北虏一夜黄河渡，南朝两次失汴梁。

李纲羞看亡国画，宗泽耻读无用章。

几行青史空遗恨，太祖英灵泣断肠。

乙未年夏仲月

释义

在文化艺术上多才多艺，不修养自己的品德，没有治理国家的能力和志向，这就是北宋末代皇帝徽宗赵佶。金军南下，一夜渡过了防御空虚的黄河，宋朝两次沦陷了都城汴梁。丞相李纲和大将宗泽，看到徽宗妙笔丹青的书、画和韵律十足的诗、词，反而觉得是一种惭愧和耻辱，因为这是北宋亡国的罪魁祸首，史书上记录这些多是贬义。雄才大略的宋太祖赵匡胤，在九泉之下，看到自己无能软弱的后代子孙，估计会哭得悲愤欲绝，肝肠寸断。

咏徽宗

才高志短
道宁王
芝广德跳
末宗皇
址房一夜
黄河波
南朝两次
失汴梁
李炯盖看
亡国画
宗泽耻谈
无用章
几行青史
空遗恨
太祖英灵
泣断肠
赵伟甲辞

树東作新圖和之

叹二十四孝

多少诗文歌孝子，不眠夜静细细思。

王祥卧鲤不堪取，郭巨埋儿更是痴。

丁兰刻木如游戏，舜帝孝慈有谁知？

五服礼乐寻常事，墨客何须枉费词。

己亥年夏孟月

释义

在中华大地，千百年以来，数不清有多少歌颂孝子的诗歌和文章。晚上不眠时，静静的思索，觉得二十四孝里的诸多故事，荒诞离奇，根本不值得颂扬。王祥只想让母亲吃上一口鲜鱼，数九寒天不顾及自己的身体，卧冰求鲤并不可取。郭巨家贫，怕幼子与母亲争食，为了孝顺，要活埋掉自己的亲生儿子，真是迂腐。丁兰把死去的双亲做成木偶，每天顶礼膜拜，感觉象小孩在做游戏。大舜的种种孝行，又有谁又见到过呢？五服礼乐制度本是平平常常的事情，用不着一些文人墨客总是大书特书。

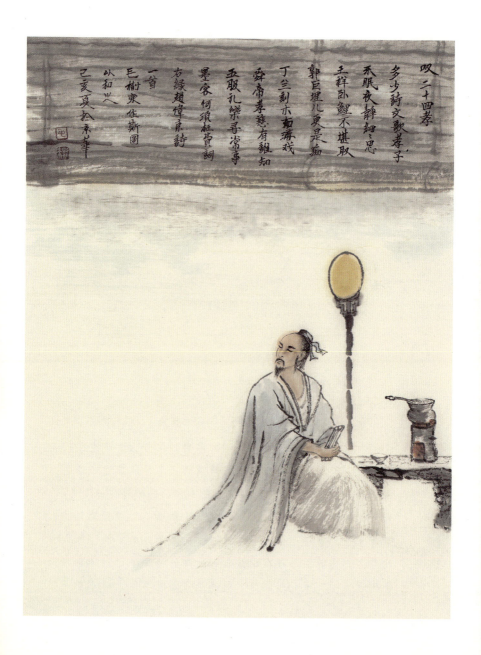

叹二十四孝

多少诗文歌孝子，
乔眠夜静细细思。
王祥卧鲤不堪取，
郭巨埋儿更是痴。
丁兰刻木如游戏，
舜帝孝慈有谁知。
五叹孔融寻常事，
墨客何须挺贵词。
方缘趋炎东京诗
一首
老树束作新图
以和之

己亥夏松京华

读 史 (一)

商贤周圣载史篇，五霸七雄尽风烟。

秦吞六国终归汉，晋统三分徒枉然。

唐宗即位弟兄死，宋祖欺周在幼年。

岂知三百二十载，寡妇孤儿拜蒙元。

莫笑明皇曾要饭，清廷后代几人贤？

古今多少兴亡事，仿佛因报总循环。

戊戌年春仲月

释
义

　　商汤和周文武是大家公认的圣主贤君，自古以来写史人大加褒讲。东周以后，五霸七雄为了名誉和利益，你争我夺，烽烟四起。战国末期秦统一了六国，不久又被汉朝代替，到后汉三国时期，司马氏篡魏建立晋朝，几十年后就出现了八王之乱，永嘉南渡，自此之后，中国历史进入了南北朝混战时期。贞观之治，可谓是封建王朝繁荣的鼎盛，细想一下，唐太宗一奶同胞的兄弟却难以活命。宋太祖欺负后周皇帝柴宗训孤儿寡母，才发生了陈桥兵变，建立了赵宋王朝。没有想到三百二十年以后，蒙古人灭掉辽金，一举南下，占领了南宋都城临安，俘虏了宋恭帝母子，自此赵宋又亡于孤儿寡母之手，中华大好河山暂时归附了元朝。不要嘲笑大明王朝的开国皇帝朱元璋，本是放牛要饭出身，再看看清朝开国皇帝努尔哈赤的子孙后代们，又有几个能继承先人的英明雄武。数不尽古往今来有多少兴亡事，好像有一定的规律可以找到，因果相报似乎总在循环。

读史 一

商贤周圣戴史篇
五霸七雄尽风烟
秦吞六国终归汉
晋继三分徒枉然
唐宗即位弟兄死
宋祖欺周立幼年
岂知三百二十载
寡妇孤儿拜蒙元
莫笑明皇童婴饭
清廷後伐几人贤
古今多少兴亡事
仿佛因报总循环
赵愽东诗意
毛树东依韵
斯图
意有感述
己亥春仲月
於京华

读 史 (二)

夜阑不睡读史篇，成败枯荣总相连。

李斯拜相须知退，韩信封侯亦应还。

石崇终因富贵死，邓通荣华哀暮年。

张良辞汉游山水，范蠡归湖乐小船。

是非争论三更梦，功过评说一觉眠。

吾辈小民思天道，名缰利锁不如闲。

戊戌年春仲月

释义

　　寂静的深夜读史书，发现兴亡成败，无非是相互交错。秦朝丞相李斯，西汉淮阴侯韩信，他们功名成就之后，贪恋权势，不思隐退，最后落得身败名裂，遗恨终生。西晋的石崇因为富贵，才招来杀身之祸。汉朝的邓通，曾经富有金山，没想到暮年时竟饿死于街头。张良帮着刘邦灭掉了西楚霸王项羽，辞汉归隐，后半生游山玩水自在快活。范蠡协助越王勾践战败了吴国，弃官还乡，驾一叶小船泛舟于五湖。古往今来，是非争议，功过评说，只不过是睡眠中的一场梦啊！我这普普通通的市井小民，静下心来也会仔细思量一下，什么才是真正的人生大道？名缰利锁其实不如平平淡淡的清闲生活。

示 儿

读书不解做人艰，入世方知处处关。

甘罗十二为秦相，吕望八十拜周官。

少年得志多天忌，老大有成半是仙。

教汝安身七个字，花未尽开月莫圆。

戊戌年冬季月

这是给我十三岁儿子写的一首诗。

你现在上学读书理解不到做人的艰难，等你步入社会时，才能知道处处有障碍。甘罗十二岁就当上了秦国的宰相，姜子牙八十岁才拜了周朝的高官。少年得志，不符合天道的规律，自己也容易骄傲，老天也不会偏爱你，未必是好事儿。自古以来有所作为能保持长久的，多半是大器晚成。我告诉你安全处事的一个规律，这也是我的经验之谈：做任何事千万不要追求圆满，花似开非开，月似圆非圆，无论做什么事，这样才是最好的状态。

示儿

讀書不解做人眼人世方知慙，關廿罗十二
為秦相吕望八十拜周官少年得志多天
忌老大有成千是仙教汝安身七个
字花未尽開月莫圆 偉東詩題樹榮寫

读 史 记

图王争帝事何如？沧海桑田荣与枯。

桓霸雄风曾载史，暮年萧瑟耻垂书。

六国气数秦同尽，九州留得汉守株。

吴起杀妻求将帅，不如自在做田夫。

乙未年冬季月

释义

争王称帝到最后又能怎么样呢？人世间沧海桑田，荣辱变化，只是瞬息之间。曾经五霸之主的齐桓公，九合诸侯，号令天下，史书也大加褒讲，可是暮年昏庸，重用阿谀奉承的奸佞小人，最后惨死于宫中，竟无人知道，史家都耻于修书。刚刚平定了六国，秦朝因为残暴，气数殆尽，九州的大好江山，让无赖出身的刘邦守株待兔，捡了个便宜。战国初期的名将吴起，为了谋求将位，竟亲手杀死了自己的结发妻子，这种功利心太强的人，真不如做一个简简单单、逍遥自在、真实淳朴的普通农民！

讀史記

圖王爭帝事如何
滄海桑田榮與枯
楥霸雄風曾戰史
暮年華髮臥壟畝
六國氣散秦同盡
九州留得璞守株
吳起殺妻求將帥
天如自在做田夫
趙偉申詩意
己亥春榭寒風意
松京華

梦游西湖偶题

梦到西湖不赏春，江山寂寞访三坟。

节庵忠心悬日月，苍水无力挽乾坤。

千载凄凉岳武穆，萧条书剑第一人。

幽幽梦断三更冷，吾辈祭歌少诗魂。

己亥年夏孟月子夜

释义

梦中来到了旅游胜地西湖，并不是为了欣赏这里的风景，只为了祭拜岳飞、于谦、张煌言这三位凄凉寂寞、忠君爱国的民族英雄。于谦在土木堡之战力挽狂澜，爱国之心如日月悬天。张煌言反清复明身经百战，可惜明朝气数已尽，自己也无力回天。最可怜就是精忠将岳飞，呕心沥血，扶宋抗金，反被奸臣小人妒忌残害。岳邵宝的文武双全称得上是千古第一人。一梦醒来，正值夜半三更，不觉身上有些寒意。写一首祭歌，但自己的灵感和文采实在不佳。

夢游西湖偶題

夢到西湖不覺春
江山寂寞韻三峽
鄂庵忠心懸日月
苍水無力挽乾坤
千載凄涼岳武穆
蕭條書劍第一人
幽幽夢斷三更令
吾輩祭歌少英魂
趙偉良詩意
三榭東作斯圖
從和以
歲次乙亥夏
擬京華牧扁苑

回儿诗

小儿有志做丈夫，霸王雄心耻归吴。

荆轲身败稀剑术，赵括枉读五车书。

戊戌年秋孟月

释
义

　　我十三岁的儿子，偶尔写了一首打油诗：我本宋祖之子
孙，如今少年是清门，英雄壮志虽已往，文采风流吾尚存。
　　你小小年纪有崇高的志向，算个好男儿，别忘了西楚霸
王项羽雄心壮志，垓下之战一败涂地，没有颜面回自己的家
乡见江东父老。荆轲刺秦没有成功的原因，是因为自己的剑
术没有练到家。赵括不懂理论结合实际，白白读了五车书，
浪费了大好青春，"长平之战"的惨败留下"纸上谈兵"的
成语让后人耻笑。

囝兒詩

小兒有志做丈夫　霸王雄心恥歸吳

荆軻身敗梯劍術　趙括枉讀五車書

右錄趙煒東囝兒詩一首　歲次己亥樹東於京華依詩意寫之

异 志

落雁不着绮罗衫，羞花金钿费万钱。

浣纱西子真素美，娇态吴妃少自然。

众喜春日阳和暖，我怜秋风霜叶残。

不求富贵常身伴，江海飘零万里船。

戊戌年冬季月

释义

　　出塞落雁的王昭君用不着鲜艳华丽的绫罗绸缎。绣花之美的杨玉环珠光宝气的首饰，耗费了国家万贯金钱。西施在湖边做浣纱女时，是一种真实纯洁的朴素美，等她做了吴王妃之后，恃宠撒娇反而不自然。大家都喜欢春意盎然的温暖阳光，唯有我对西风萧瑟、霜叶飘零的秋天情有独钟。我的生活方式，并不是对荣华富贵的追求与向往；希望能驾着一叶小船，乘风万里，任意漂泊，随遇而安。

異志

落雁不著綺羅衫

蓋花金鈿費萬錢

浣紗西子真素美

嬌態吳妃少自然

眾喜春日陽和暖

我怜秋風霜叶殘

不求富貴常身伴

江海飄零了里船

偉東詩意

樹東拾

京華

作斯

圖以

和

新

意

自 嘲

学剑不成愧吴钩，读书半解也风流。

独酌月下三杯酒，醉卧青轩百尺楼。

己亥年夏孟月

释
义

想我年过不惑，文不成武不就，已虚度半生，愧对书房中悬挂多年励志的宝剑，读书一知半解，但自视思想清高。夜深人静时，经常面对明月，把酒自酌，希望醉后卧眠于雕梁画栋，富丽堂皇的缥缈高阁。